KB037719

적막이 오는 순서

조승래 시집

적막이 오는 순서

Poems by Cho Seung Rae

동학사

이번 시집은 코로나 팬데믹 시작 몇 달 전부터 금년 여름까지 약 3년간 각종 문예지와 동인지에 발표한 것을 모아서 일부 제목을 고친 것이 있고 약간 개작하여 내는 것으로 여덟 번째 시집인데, 출가시킨 자식들 불러 모아 한 집에서 살도록 해 주고 싶은 소망은 실현 못하지만 시를 시집 한 권 안에 입주시키니 제법 우애가 있는 대가족이 탄생하였다.

아직 요양병원에서 가족과 떨어져 계시는 분 생각하면 가슴이 저려온다. 그 분이 이 시집을 읽으실수만 있으면 얼마나 좋은가. 이 좋은 봄이 왔는데.

2023년 3월
조승래

적막이 오는 순서

조승래 시집

■ 시인의 말 5

03

04

05

01

우리나라 가을 밤

감나무는
고향집 하늘을
환히 밝혔다

댓돌 아래 깊어가는
귀뚜라미 울음소리

산 아래
불이 꺼지지 않는
작은 창,

오늘도 밤을 새우는
시인이 있다

러시아룰렛 *

둘만의 게임에서 내 방아쇠는 당겼으니
이젠 네가 당길 차례다
- 제1발 격발

남은 다섯 개의 구멍 중 한 발의 총알을 제외하면
네겐 80% 생존확률이 있다
- 제2발 격발

내가 먼저 방아쇠를 당길 때 내 생존확률 83.3%
보다 3.3% 높은 확률인데 어찌 먼저 안 하겠느냐,

다만 네가 살면
다음에 나는 75% 생존기대치로 쏘겠다
- 제3발 격발

_____

* Russian roulette : 회전식 연발 권총 여섯 개의 약실 중 하나에만 총알을 넣고 총알의 위치를 알 수 없도록 탄창을 돌린 후, 참가자들이 각자의 머리에 총을 겨누고 방아쇠를 당기는 게임

내가 살면 너는 66%의 생존율이고
- 제4발 격발

그 다음 이판사판 50% 승률로 내가 산다면
- 제5발 격발
그 다음은 너의 차례, 너는 100% 죽는다.
총구를 돌리겠느냐,

업보 業報

조금만 말을 보태어도
칭찬으로 하면 덕담이고
비난으로 하면 악담이더라

수리수리 마하수리 수수리 사바하
정구업진언淨口業眞言이면
입으로 지은 죄 모두 소멸 되려나

말이 나오는 '입'에
군더더기 하나만
잘못 더하면 '업業'이 되더라

일상이 더 좋다

약효시험에 지원하는 임상시험자가 있고
관속에 들어가 보는 죽음 임사체험자도 있네

임상과 임사, 글자로 보면 뒷글자에 ㅇ이 빠진 것,
영靈이 육체를 이탈하면 죽음이라 하지

,,, 3, 2, 1, 0 카운트다운
발사는 0에서이지만 우주선은
그 이전에 만들어졌네

세상에 태어나기 전부터 인체는 구성되고 있었네
0은 하나의 새로운 시작일 뿐

암만해도 부족한 임사보다 임상보다
모든 것이 다 있는 그것이 제일이네

호기심에 관한 보고

야생에서 태어나 쇠꼬챙이로 발가락 찔려가며
어미 생각도 다 놓아버리고 사는 새끼 코끼리에게
파인애플이라 속여서 먹인 폭죽이 입안에서 폭발했다

호기심 1 : 코끼리가 엄청 놀랄 것이다.
결과 : 맞다, 펄쩍 뛰었다.

호기심 2 : 코끼리라서 괜찮을 것이다.
결과 : 맞다, 사람을 공격 안 했다.

호기심 3 : 호기심은 예상 밖 결과를 볼 수도 있다.
결과 : 맞다. 코끼리는 아무 소리도 안 내었다.

소리를 낼 수도 먹을 수도 없는 새끼 코끼리는
사흘 동안 물속에서 고통을 견디다가 죽었다

물소보다 더 오래 물속에서 견디는 실험은
계획에 없었기에 제외하고

코끼리가 서서 죽는 것도 가능하다는 놀라운 사실은
인디아에서 인류 최초로 발견한 것이었다

2030년 6월 1일에는

짙은 선글라스를 끼고도
모서리 한 뼘을 밟힌 태양을
2초도 더 못 보고 눈을 감았어

너무 밝아서 내 의지와 무관하게
감긴 느낌이 마음에 들지 않아
다시 떠 보니 비 젖은 유리창처럼
사물이 제대로 안 보이는 거야

달이 태양을 잠시 밟아 본 것이
어디 한두 번이겠나
데인 몸 식히느라 밤하늘을
그리 돌아다니는 거지

한번만 제대로 밟아보려는 것도
그걸 확실히 눈으로 보겠다는 것도
애당초 무모한 시도였지만

기회가 또 있다는 것
일정이 정해져 있으니
해야 할 일은 분명해졌어

일상의 중력에 대하여

사람들은 사람들끼리
코끼리는 코끼리끼리

돈을 버는 사람과
돈을 쓰는 사람과

슬픔과 기쁨 사이
행복과 불행 사이

무화과나무에는
무화과가 열리고

지나간 오늘은
내일 또 그 자리로

어제도 그랬고
이억 오천만 년 전에도
그랬다

흑백사진을 보며

실오라기 끝을 연신 꿰려고
애가 탄 그분 도우려던 꼬마에게도
바늘귀는 너무 좁아 힘들었지

마침내 달아주신 외투단추
"고맙습니다."
인사해도 말귀 어두우신 할머니의 합죽이 웃음
반백 년 전 흑백사진 속에 계셔

며느리가 보여준
태내 손자 흑백사진 돋보기 쓰고 보니
높은 콧날 큰 귀가 보인다

들리니?
이 웃음소리
타래로 실 감는 소리,

습성에 대하여

부끄러움을 잠시 비굴함으로 바꿔
넘기는 습성이 아직 서툴러서

눈과 귀와 입이 달린 머리를 숨기기엔
가슴이 작아 벅차다

대가리부터 집 안에
숨길 수 있는 자라는 좋다 말았다

집이 전복되면 수륙양용이라도
지붕을 땅에 대고 갈 수는 없나 보다

얼른 그 목 빼서 판세를 뒤집어야지
고사枯死 하겠다, 밀물만 믿다가는

동병상련

나는 늘 너의 뒷모습을
찾고 있다

너는 언제나 정면으로
나를 바라본다

너의 뒤에 닿는 그 순간까지
멈출 수 없는 추적

존재를 위해
한사코 파경은 피하고 싶다.

푸른 시간으로의 초대

시간의 열차들이
바람 사이로 가네

차표들 버리고
몸 비우고 떠나가네

푸른 등이 걸리는
산 너머 동네

차창 밖 지는 꽃 보며
누군가 울고 있네

우리들의 임계점

바위 벼랑 틈새를 열고 소나무가 꿋꿋이 버티고 있듯
시멘트 벽돌 틈을 비집고 마른 씨를 날리는 민들레

마주 버티는 강둑이 있어서 강물이 흐르고
하늘과 땅의 사이에 더불어 살아가는 너와 내가 있네

남과 북의 틈, 긴장의 비무장지대를 버려두지 않고
야생화와 야생동물이 지상 낙원을 가꾸고 있네

너와 나 사이에 사랑과 믿음이 아닌 다른 것이 있다면
언제까지 그냥 놔두어도 괜찮은지 임계점을 묻고 싶네

선창

　새벽 출어선 돌아오는 길 갈매기 떼 날고 십리 만선 깃발 펄럭이면 포구는 벌써부터 흥청댔다 대포항 주막에서는 팔 뚝 굵은 사내들 사이로 며칠 전 군산에서 왔다는 여자 웃 음소리가 들리곤 했다

길의 역사

- 성 안드레야 신부님

천주의 길을 따라 갈 뿐 때리고 죽여도
역시 이 길을 갈 뿐
하신 그 길을
임의 증조부도 아버지도 임도 가셨더이다

어느 누가 지나갔다고 길이 되는 것은 아닌
뒷사람이 감히 밟을 흉내도 낼 수 없는
발자국이 없어도 발자국이 되는 길

박해를 순교로 이겨 이 땅
구원의 묵주로 자유로운 믿음의 길 내어
사랑과 평화 주셨나이다

날마다 감사하는 마음
두 손 모아 임이 내신 아득히 먼 길
우러러 보옵나이다

적막이 오는 순서

　여름 내내 방충망에 붙어 울던 매미, 어느 날 도막난 소리를 끝으로 조용해 졌다 잘 가거라, 불편했던 동거여 본래 공존이란 없었던 것 매미 그렇게 떠나시고 누가 걸어 놓은 것일까 적멸에 든 서쪽 하늘, 말랑한 구름 한 덩이 떠 있다

02

고향

떠나온 사람도
한 번도 떠나보지 못한 사람도
듣기만 해도 멈추게 하는

눈 감고도 눈에 선한 그림자들
봄 나비 날개 같은 아지랑이로
젖은 두레박 소리로

아득한

사랑하는 사람과 함께 한 추억이
군데군데 이가 빠진 사진첩처럼 흐려지고
동네 골목길을 돌다 허공 휘젓는 꿈이 잦은

거기 가고 싶다
언제나 가고 싶어
두 손 모아지는 곳

바람이 잠든 전설

산 정상에서 골짜기로 가속도 붙은 바람
동구 밖 방풍림 지나면서 한풀 꺾이고
돌담을 지나면서 엉거주춤 하더니
창호지에 달린 작은 오두막집 문 앞에서 그만
주저앉고 말아

마음껏 지나도록 만든
큰 틈새 작은 틈새 촘촘한 틈새
차례로 지나면서 제풀에 지쳐 쓰러진 것
틈새가 바로 함정

좁은 유리문으로 내다보면서
사람도 무도 바람 들면 안 된다 하시며
토닥토닥 할머니 손길에
새근새근 잠자는 손주들이 있었다는,

달과 과일

우리나라 보름달은 밝기가 세계 제일이라 누구는 지구에
서 날아간 새들의 고향이라 하고 누구는 아름다운 별들의
숙소라 했다. 어쨌든 이 나라 농부들은 달 밝은 밤 잘 익은
과일과 달을 구분하지 못해 가끔씩 달을 따서 바구니에 담
는 일도 있긴 있는 모양이다.

벌초 대행

고향 기차역 앞에 벌초 대행 현수막이 걸렸다
조상의 묘를 정성껏 돌보아야 무슨 소용 있겠느냐
몇 년에 한 번도 못가는 자식들 대신해 벌초해 주면 벌
쏘일 일 없어 좋겠다

아기를 대신 낳아준다는 인터넷 광고가 떴다
아예 출산하지 않겠다는 부부보다는
고통을 덜어주고 출산지원금을 받을 수 있으니
얼마나 고맙고 갸륵한 일이냐

심봉사 눈뜨게 하기 위해
인당수에 몸 던진 청이는 오늘에도 있겠는가
한 집에서 같이 살며 부모 공양하는
자식들 이야긴 이제 먼 태평양 건너 이야기

태어나 살다가 죽어 고향으로 돌아가는
생의 바퀴 틈바구니에서
살아있는 동안 같이 살지 못할 바에는 대신해 주는 일이
라도 부탁해야지

눈 감고 가야하는 캄캄한 세상
자식 대신 모르는 사람이 벌초한 무덤에
좋아라 나비 벌 날아들고
절로 할미꽃 피어 흰머릴 푼다

초록의 소유권

저 산 들녘에 넘치는 풀빛
아무도 다 가두어 둘 수 없어
오월 하늘에 구름 흘러가는 대로
가만 풀어 두는 것일 뿐

온 강과 산이 퍼덕이는 초록으로 물들면
토끼 고라니 노루도 뛰어다니고
기쁨을 아는 생명들 팔을 벌려 소리치고 뒹굴며 웃어라

하늘과 땅과 사람이
넘실초록 하나로 물들어도
풀잎 하나까지 알고 보면 다
죽음으로 제 땅을 지키나니

더부살이

선인장은 사막에서도 용케
가시옷으로 무장했는데

그 몸통에 구멍을 내고
둥지를 튼 새 가족은

뱃속 기숙자 두고도 무던한 선인장에게
무언가는 보은할 길이 있으리라 믿고

별똥별 불빛
방울뱀 요령 소리

아무것도 개의치 않고
깃털 맞대어 소르르 잠든다.

아몬드day

땅바닥에 뿌려진
좁쌀과 빵부스러기는 전부 쪼아 먹고
너무 커서 삼킬 수 없는 아몬드는 뱉은
비둘기들이 그늘에 앉은 노인네들을
번갈아 살핀다

잘 넘어가지도 않는
그 무언가를 꾸역꾸역 삼키는,
올 사람 없고 보낼 사람도 없으면서
역 광장을 서성이는 그들 가슴에
누가 달아 준 것인지 배도 부르지 않은
카네이션 한 송이만 붉다

비둘기 종종 걸음 치는 날

이별의 뒤에는 안개가 있다

어머니는 아버지를 버리셨고
할머니도 아버지를 버리셨습니다

버림받는 것이 이별보다 얼마나 더
서러운 줄 아느냐 하시던 아버지도
나를 버리셨다는 충격에서 아직도
헤어나지 못하고 있습니다

이별이 차라리 낫다는
것을 알 때까지는
버리고 간 그분들
절대 버릴 수 없어서입니다

떠나기 전의 모습 더듬는 지금
안개가 자꾸 몰려옵니다

삼천 배 후

스님 친견을 위해
삼천 배를 하신 어머니

손 받들어 절하고 또 절하고
저린 무릎 털며 섰더니
염화미소가 보였단다

나도 따라 절을 해 보니
뿌연 안개 속 허공,

아직도
멀었다

자다 깨다

130억 년 전 우주가 생성되고
50억 년 전 지구가 생긴 뒤로

인류는 멸종되었다가
다시 살아나기를 반복했단다

그랬다고 몇 천만년 단위로 논하지만
계산을 손 놓고 보니

찰나 같은 토막잠도
어찌 이렇게 달콤할 수가

감았다가 다시 눈 뜨면 밝아지는 하루
멸종은 무슨 멸종

맛의 습성

．

고추냉이 고구마 익모초 살구가 맵고 달고 쓰고 신맛을
내도록 숨겨둔 맛의 뿌리를 물을 통해 전달하는 것이 흙이
간직한 비밀

그 비밀의 풀을 함께 뜯어먹다가 차에 실려 떠난 음메음
메, 그 송아지 울음소리 환청으로 남아 어미 소는 제 눈에
서 뚝 떨어진 물방울의 맛, 난생 처음 맛보았지

밤새 되새김질 하면서도 맛보지 못한 그 슬픈 목매임 함
초 한 번 먹어 본 적 없는데 시도 때도 없이 목을 넘어 가네

외양간 워낭소리 낭랑랑
몇 날 며칠 멍든 가슴 절이는 함초맛
주억거리며 씹고 씹네

지남철指南鐵 놀이

모래 한 줌 뿌려놓은 도화지 위에서 쇳가루는
그 아래 지남철 따라 움직이고

지남철 지들이야 N극과 S극끼리만 서로 포옹하며
같은 극성은 서로가 기어코 배척하든 말든

그저 이끄는 대로 가지요
한없는 쏠림, 중단 없는 집착

도화지 한 장을 두고도
사랑은 있어요

습작을 위하여

땡볕을 불지르는 매미의
타는 울음도

어둠을 깜빡이는 개똥벌레의
사랑의 교신도

땅 속에서 꿈틀거리며 버텨 온
오랜 기다림의 언어 아니더냐
어둡고 아파서 즐거운 노래 아니더냐

생각하면 내 시 또한
밤을 호올로 앓던
서늘한 울음의 반짝임 아니더냐

03

용도 변경

바다표범이
암컷을 차지하기 위해
벌이는 혈투라면

미리부터 도망치거나
사나운 이빨을 기르거나
물리지 않는 두꺼운 피부를 갖거나
남다른 기술과 방어가 필요해

생존을 위해서라면
목숨을 걸고 싸울 용단을 내려야지
내 종족과 정의를 위하여

모든 것은 처음부터 발달한 것을 아니야
약육강식의 전쟁터에서 이기기 위해
용도를 개발해야 해

돌덩어리 같은 저 악어 등과
벌린 아가리의 이빨 좀 들여다 봐

코끼리 고래

  옛날 아주 옛날에 하늘을 나는 것이 소원인 코끼리가 있었어

  새들이 찾아가는 동녘이 궁금했어 하늘을 날고 싶어 큰 귀를 열심히 펄럭이었으나 날 수가 없었어 기어코 날고야 말겠다는 코끼리는 바다로 뛰어 들었어 바다도 하늘이라고 생각했어 바다속에서 살기로 마음 먹었어 귀는 떼어서 손에다 끼고 다리는 버리고 꼬리를 펼쳤어 물속을 날아다녔어 궁중제비도 가능했어 숨도 오래 참는 법을 배웠어 반시간 참다가 물 위로 날아올라 숨 한번 크게 쉬면 되는 간단한 거였어 아, 그런데 잠이 문제야 그놈의 숨쉬기 때문에 깊은 잠을 잘 수가 없네 토막잠 속 짧은 꿈, 꿈은 실현되었는데도 꿈을 꾸고 싶네 꿈 한번 길게 꾸고 싶네 나무 아래 서서 자던 코끼리 시절 성가신 하이에나와 사자 떼 때문에 깊이 못 잤는데 이제는 그런 것들 아무것도 없는데 아, 숨 쉬는 것이 잠을 깨우네

  아가미 하나만 더 갖고 싶다는
  숨비 소리 경계를 넘네

천하지대본야

신문을 보다가 주먹 불끈 쥐고
뉴스를 보다가 채널 돌리고
저런 사람이 저 자리에
저렇게 해도 그 자리에
그렇게 해도 괜찮단 말인가 하다가
문득 거긴 이제 내 영역이 아니어라

땅에 붙은 채송화 목 한 번 들어주고
버거운 오이의 실손 뻗을 줄 이어주고
숨 막히는 텃밭 솎아주기 해 주고
무거운 호박잎 따서 강된장에
쌈 싸먹는 데에 재미를 붙이며
풍년 되라고 저기서부터 오줌발 갈겨요

자음字音 변천사

　백성들이 낫 놓고 ㄱ 자도 모른다는 소리에 화가 나서 다른 하나를 바꾸어 뽑았느니라

　주기적으로 자음을 뽑아야 하는 백성들의 숙명을 어여삐 여기노니

　예전에 뽑았던 ㅈ과 ㄴ은 폐기하고, 이루 말할 수 없는 실망으로 또 다른 ㄱ 자를 택했고 ㄱ 자의 한계를 느껴 90도로 ㄱ 자를 돌려 ㄴ 자를 택했으나 고만고만하더라. 할 수 없이 둥글면 아무데나 부담 없을 줄 알고 ㅇ 자를 뽑았는데 용기 하나 없는 생초짜더라 이에 ㅇ 자에 싹을 두 개 단 ㅂ을 선택 했느니라 성별이 달라 뭔가 다를 줄 알았대나 뭐 그러나 바람에 싹수가 노랗게 시들었다고 주장하는 무리들이 촛불 들고 몰려와서 ㅂ의 촉 두개를 짓이겨 없애버리고 ㅁ을 추앙 했느니라. 어랏, 한 번도 경험 못한 ㅁ은 사면이 막혀 귓속에 대못이 박혀있고 입은 대본대로 움직였고 하는 일마다 시행착오를 일으켜서 ㅁ을 다시 다듬어 ㅇ을 선택하게 되리라 ㅇ의 능력 한계에 도달한 백성들은 ㅇ에다 또 싹을 달아서 더 젊은 ㅎ을 뽑아 왕으로 모시게 되나니,

결국 ㄱ과 ㅎ 사이 별로 변별력 없는 자음 하나 뽑아놓고
등골 굽은 백성들은 또 뽑기하는 날 기다리더라

홀짝 홀짝

햇살 좋은 담벼락 아래서 친구들과 구슬 가지고
홀짝 놀이를 했어요.
홀수냐 짝수냐 알아맞히는 놀이 모두 신중했어요.
작은 주먹 속의 수, 아무거나 말해도 맞거나 틀리거나
늘 답이 있었지요.
상으로 딴 딱지를 책갈피 속에 넣었어요

짝수 페이지와 홀수 페이지 사이에는 보관할 수 있고
홀수 페이지와 짝수 페이지 속에는
그 아무것도 보관할 수 없어요
성경 불경 도덕경 교과서도
11페이지와 12페이지 사이에는 아무 것도 없어요
10페이지와 11페이지는 서로 볼 수 있어요

책을 만드는 사람은 알고
책을 읽는 사람은 잘 모르겠지만
우려낸 녹차 한 잔
홀짝 홀짝 음미하는 날도 좋은날이네요

내 못 믿어

조간신문 1면 머리기사 '내 못 믿어'

내가 나를 잘 통제 못할 시절에
반성하느라 쓰던 말인데

실은, 미리 알게 된 정보를 바탕으로
투기를 하여 한 몫 단단히 잡으려는
무리들이 속한 집단을 못 믿겠다는 말이네

'L H'를 '내'로 읽은 내가
휙 집어던졌다. 보던 신문을

내가 할 수 있는 것이
그나마 남아 있어서 좋다

제로그라운드의 싹

각도 1도가 35만 킬로 밖에서는 6천 킬로나 벌어지니까
1밀리 길이 개미의 그림자를 여기서 달까지 키우면
지구의 지름만큼 커진다지만 개미에겐 관심 밖의 사실

이 땅에서 보면
보름달 아래에서 위까지 0.5도
태양의 아래에서 위까지도 0.5도

각도가 같다고 달과 태양의 크기가 같다고
주장할 사람은 없지만

36.5도 항온 동물이 37.5도가 되면
요주의 인물이 되는 세상
1도의 차이는 실로 어마어마하다

보는 각도에 따라 다르게 해석하는 세상의 수치로는
마음껏 끌어다 쓰더라도 제자리로 돌아오겠지
그라운드 제로에도 싹은 트겠지

자초지종

　자지自至 사이에도 글자가 자리를 잡을 수 있을까, 과연 초종初終과 함께 어울릴 수 있을까, 암만 각박해도 자지의 틈새에 한 자 정도 들어갈 여유가 있고 자지의 뒤에는 한 자 이상 부연할 여유가 있으리라 자지만으로 두면 생각이 분분하고 시작(初)과 끝(終)을 말하는 초종初終만으로는 의미 전달이 미흡하니 자지를 정중히 모셔 와서 초와 종의 사이를 찢어서 자지 사이에 한 자를 넣고 (自'初'至) 자지 뒤에도 한 자를 넣어 (自至'終') ~부터(自) ~ 까지(至) (그러니까 영어로 from ~ to~ 와 같으므로) 라는 숙어를 완성해서 궁합을 맞추었는데 이는 자지와 초종만으로의 부족함을 이합집산으로 서로 보완할 수 있게 되었다고 처음부터 끝까지 자지를 주축으로 자세히 설명을 하게 된 이유라 이 말씀이지 글자는 필요한 곳에 어디든 갈 수 있고 다른 글자를 만나 제자리만 잘 안착해도 시詩도 되리니

묵찌빠

누구든 한 주먹이면 끝장낸다던 그도 가위에게만 큰 소리
보가 나타나면 완전 굴복한다.
그러나 가위 앞에서는 보도 으스대긴 이르다

키 재기의 공식은 이렇다.
보〉바위〉가위
가위〉보〉바위
바위〉가위〉보

우성優性과 열성劣性은 크기에 따르지는 않지만
우성 앞에서는 절대 굴복해야 하므로

나 같은 거 단칼에 날린다는 너 앞에서는
언제나 가위 누름, 벗어나지 못하는 악몽

아, 그래도 하늘과 땅 그 틈새의 사람은
저마다 특기 하나씩은 가졌다

사람끼리 또 한판 하자 가위바위보, 묵찌빠,

하늘로 가든 땅으로 가든 해 볼만한 순환 균형의 놀이,

주절주절

최고급차 의자 만드는데 생후 사흘 된
송아지 가죽이 최상급재료로 사용된다지만
내가 낀 장갑은 천수 누린 쇠가죽일 거요

그 가죽의자에 앉은 사람은 살 빼기 위해
껍질 버린 어린 닭가슴살 챙겨 먹는다지만
난막 안의 계란만 먹는 사람도 있어요

단세포 하나가 알속의 공기 한 방울 다 못 써보고
이 세상에 오자마자 저 세상으로 바로 돌아간 거기,
반환점이 너무나 작아요

가죽생산을 위한 송아지의 일생 호흡은
어느 애연가의 다섯 보루
담배 피운 시간보다 짧아요

십년도 못 사는 밍크의 가죽을 옷으로 만들어서
수십 년 더 오래 보존할 수 있는 인간의 솜씨를
박제기술이라 하면 그 비난은 꽤 길 거요

태양이 강렬하면 자외선 방지 화장품 바르고
피부가 가죽이 안 되도록 노력하는 사람,
나뿐만이 아니거든요

쾌적한 합의 이론

세상은 감염되지 않은 사람 감염된 사람 회복된 사람의 합
감염되지 않은 사람 회복된 사람의 합이 감염된 사람보다
더 많아지고 감염된 사람이 미세해지면

다시 서로
이를 드러내고 살면 될 일
세상은

이를 드러낸 사람 안 드러낸 사람의 합
또는 이가 있는 사람 없는 사람의 합이라고 해도 되고
이를 가는 소리가 작을수록 쾌적해질 것

그러면 소리에 민감한 사람은 눈을 감게 되고
세상은 눈 뜬 사람과 눈 감은 사람의 합
이는 눈 뜬 장님과 본체만체 사는 사람의 합을 포함하는 것

그러고 보면 세상은
들리는 사람과 들리지 않은 사람의 합
여기에는 듣고도 못들은 척 하는 사람이 포함되어야 하고

못들은 척 못 본 척 하는 사람이 적어질수록
웃음소리가 더 커질 것이 뻔한 세상인데
그때 눈 감거나 귀 막는다고 어느 누가 뭐라 하겠는가,

반성

누가 그러대
나는 좀 더 반성하며 살아야 한다고

참을 수 있는 데까지 참다보면 못 참을 것도 없다고

누가 그러대
살다보니 곁에 있는 많은 일들이 과분한 행운이라고

그 사람들 곁에 내가 머물 수 있음이 축복 아니냐고

서로 잡은 손에 36.5도가 유지됨이 최고의 행복이라고

누가 그러대
누가 그러대
절대 누가 되지는 말라고

옷 한 벌

이대로는 안 된다 개혁하고 혁신을 이루어야 한다고
내면을 잠시 들여다보다가 너를 표적으로 삼으며
실상 개혁의 대상은 나인데도 너의 가죽을 벗기려 한다

외부의 변화를 받아들여 이루면 개혁이고
내가 스스로 하는 것은 탈피

때맞추어 스스로 옷을 갈아입는 바다 속 투구게가
늙은 갑옷 버리고 여린 새 옷 여물 때까지는 숨죽여
살아왔으니 공룡시대부터 지금까지 종족 보존이 가능한
것인데

탈피도 개혁도 못 하는 일생
단 한 벌의 옷밖에 없는데 나는
고운 생각으로 속을 달래며 조용조용 걷기로 한다,

04

인칭의 거주지

태초에 땅 하나
하늘 하나가 마주보고 살았지요

땅은 하늘이 없다면 너무 공허하고 하늘은 땅이 없으면
끝없이 무너질 것임을 알았지요

둘 같은 하나라서 꼼짝할 수가 없었는데
이 틈새에 생명들이 스며들었어요

올챙이 채송화 메타세쿼이아 새 곰 사람
또 꼬물꼬물할 줄 아는 다른 새 생명들이었어요

틈새에 수없이 들락날락 했지요
더러는 땅속으로 가고 일부는 하늘로 갔어요

교대로 틈새로 사라져도 이어서 나타나고
비로소 3인칭이라는 용어가 익숙해진 세상이 되었어요

너, 나, 다음에 또 하나의 나 바로 우리이지요,
우리는 한 우리에서 살아요

해빙기

한강의 주름마다 얼음이 들어서고 있었다
날개가 긴 철새들은 발을 털며 하늘 높이 올라갔고
발을 빼면 다 얼고 말 것이라고 믿는
텃새들은 아직 얼지 않은 물 위에 떼를 지어 모였다
기댄 어깨 아래로 옅은 안개가 피어오르고
고개 숙이고 하는 기도 속에 아기 새들의 함성도 들렸다

얼음이 피해갈 수밖에 없는 곳이 존재했다

허공의 통찰

허리 동여매고 수없이 뽑아냈던
투명 실타래만이 삶의 전부인 줄 알았는데

허공에 쳐 놓은 그물망에 이슬이 맺히어
겹겹이 목걸이가 된 것을 발견한 새벽

그 영롱한 아름다움으로
먹는 일 외에도 다른 기쁨이 있음을 통찰한

거미는 비로소
하루를 쉬기로 한다

연꽃

슬프고
괴롭고
어두워도

법구경 만한
하늘 한 장
열어 놓고

할!

세상에서
가장 큰 소리
물 밖으로
내걸었다

도대체

이해가 되지 않고
이해하고도 설명이 안 되어도
"세상이 왜 이래"를 대신 '도대체'라는 이 어쩌말 하나 믿고
"!"까진 차마 가지도 않으면서
물음표 달고 살 만한 곳이 아직 여기
라고 자위하는
나는,

생각하는 사람

　얼굴을 무릎 사이에 파묻고 쪼그리고 앉아 이가 빠진 톱도 톱이라는 생각을 골똘히 한다. 톱은 밀거나 당기는 것으로 제 할 일 하는데 치아 한두 개 빠진 사람도 밥을 먹을 수 있다는 것에 공감하다 보니 문득 로댕 생각이 나고 그 사나이의 얼굴이 무릎 사이에서 나온 것인지 다시 얼굴을 파묻을 것인지 추정을 해 보지만 내 손바닥도 어느새 턱을 괴고 있다 기인 장마에 여기까지 이빨 빠진 생각을 헤아리고 있으니 내가 아무 생각이 없이 살지는 않는 것 같아 또 웃음이 난다. 나는 거짓말 하지 않는 사람이라 앞으로는 턱을 괴는 실수는 하지 말아야겠다.

저물거나 밝았다

남은 어둠을 어둠이 다 수습하고
밝음이 남은 밝음을 다 지울 때
내 생각도 그 경계 틈새에서
저물거나 밝았다

이제 나는 내 미숙한 생각들
다 거두어들이고
밝게 웃는 사람들 가까이 가서
따스한 볼 가만가만 부비고 싶다

고작 입마개 한 장에
온몸 저린 저 중량감,
말끔히 떨쳐낼 때가 오겠지만
마냥 기다리기만 하지는 않을 것이다.

숙제

촛불이 제 몸 기울여 잡으려 했으나
그림자는 변신하면서 다 피한다

가지 위 앉은 새, 할아버지 지팡이 그림자
떠난 자리 금방 메우는 빛

그러나 빛은 결코 그림자를 절멸시키지 못하고
양도받은 그 언저리를 밝게 해 줄 뿐

밝을수록 더 어둡게 나타나서
그림자도 생명이라는 역할을 분담한다

서로 인정하고 살아야 하는
생존자의 숙제, 은혜와 보은

감은사지感恩寺址 석탑

희망을 높이거나
절망을 줄이는 데에
어느 하나만 선택해도 된다

온 사람 모두 되돌아가도
받은 기도 받들고자
앉지도 못하는

깊은 묵상
이끼 푸른 그림자

자벌레 세상

하루 종일 먹을 풀잎을 찾아
느티나무 맨 꼭대기까지 기어 올라갔다가
더 이상 갈 길을 잃고
초록 풀잎이 되어버린 자벌레

작은 발로 산맥을 넘고 풀밭에선 풀잎이 되어
쓸 만하지 않은 것은 다 버려도
날아오는 새를 두려워하지

움직이는 것들은 치명적인 무기
먹힐 순간과 순간 사이 풀밭에 도는 긴장감
여차하면 금방 사라질 미물이지만
삶은 이슬처럼 빛나는 것

숨차게 기어 올라간 막힌 길의 끝에서
어쩔 수 없이 다시 내려와하는
시작점과 끝점의 거리를
이어갈 방법을 찾아내야지

나뭇가지 하나를 붙들고
죽은 것같이 살아온 짐을 내려놓아야지
힘들게 허물을 벗으면
나도 한 마리 초록 자벌레가 되고 말 것

그림자놀이

　사람들이 일식처럼 그림자놀이를 해요.

　실낱같은 초승달이 둥근 보름달이 되고, 보름달이 다시
그믐달이 되는 광경을 쳐다보고 있어요. 모든 움직이는 것
들이 멀리 사라지면서 남기는 그림자를 보고 있어요. 일 년
365일 달과 지구가 하루하루 조금씩 그림자를 바꾸어요.
허위와 진실처럼 봄여름가을겨울 희로애락이 한줄 위에서
오고 가요. 때로는 사람의 얼굴처럼 달이 지구의 그림자에
가려지기도 하고, 달이 태양을 가리기도 해요. 남녀의 몸이
바뀌기도 하고, 어른이 아기가 되기도 해요. 허위가 진실을
가리기도 하고, 진실이 허위를 밀어내기도 해요. 먹을 것 없
는 사람들이 지구를 먹어 보려고도 하고, 지구가 집어먹은
달을 토하기도 해요. 섭리는 있는 그대로가 아니라 서로 으
르렁대는 약육강식의 소리이고, 어두운 그림자는 눈부신 빛
이 남겨놓은 빛깔이지요. 큰 나무그늘 아래 작은 풀꽃에서
숨어 우는 작은 풀벌레 같은 눈물 같은 아침이슬을 보아요.
밤하늘에 반짝거리는 외꽃 같은 별을 보아요. 지구위의 모
래알 같은 그들도 조금씩 별자리를 옮기면서 그림자놀이를
해요. 어둠속에 하얗게 금을 그어요.
　사람들이 월식처럼 그림자놀이를 해요

원을 깨면 피냄새가 난다

허공에서 원을 그리던 독수리가 직선으로 꽂힌다. 움직이는 것을 본 것이다. 재빨리 구멍으로 숨으려는 쥐는 이미 늦다. 원은 벌써 깨어진 상태이다. 대열에서 떨어진 누 새끼를 쫓는 표범은 앞서 굴러가는 원을 쓰러뜨린다. 굴러가는 원보다 직선이 먼저 달려간다. 물고 물리는 싸움은 끝나지 않는다. 사라져야 살고 이겨야 살아난다. 섭리를 선회하는 독수리는 아무렇지도 않게 피 묻은 부리를 닦는다. 강을 따라 숲은 무성하게 자라고 누 떼들이 죽음을 무릅쓰고 강을 건너간다. 열차는 달리고 앞선 사람이 뒤선 사람을 멀리 따돌린다. 사람들이 오가는 대합실은 여전히 붐비고 열차는 둥근 바퀴를 굴리며 궤도를 따라 달린다. 어떤 사람은 떠나가고 어떤 사람은 돌아온다. 하늘은 빗방울을 모으고 빗방울은 다시 호수에 흘러들어 강으로 간다. 둥근 하루는 기울어지고 기적소리가 둥근 여운을 남긴다. 살아있는 모든 것들은 먹고 먹히는 사슬에 묶인다. 허공에 원을 그리는 독수리의 눈은 여전히 초원의 한 점을 쫓는다.

굶주린 표범들이 원을 깨고 직선으로 달려간다. 둥근 지구의 끝까지 피 냄새 그리운 곳까지,

순응으로 얻는 것

구름 없는 하늘 선명한 별빛을 볼 수 있는 우주여행을 가려면 사람은 바다 속으로 먼저 가야 한대, 중력과 부력의 균형점에서 무중력을 경험하고 적응하기 위한 필수 과정이래, 성공하기 위해 필수선행조건이 실패는 아니지. 생애 단한 번의 기회를 믿는 씨알들은 하늘로 싹을 내기 위해 땅속으로 갈 테고 중력에 대한 순응의 대가로 땅도 조금 얻게될 거야.

오래된 춤

수억 년도 더 된 파도의 춤에
달빛이 출렁대며 장단을 맞춘다

천 년도 더 된 모래밭을 지나 잠수한
하루밖에 안 된 새끼 거북이들도 음표를 읽는다

노소 구분 없는 어울림
멈출 수 없는 허밍

눈꽃 열차를 타면 안다

흙으로부터의 제왕학 帝王學

후 반 부 에 는

살아있는 나날을 위하여

오 래 된 집 의 유 산

고 요 의 탄 생 후

5 분 간

고 마 운 손

빛 의 나 눔

경 계 를 오 가 며

7 인 실 의 천 사

혈액분석기를 생각하며

더 듬 어 도 걸 어 서

피 어 나 라

05

눈꽃 열차를 타면 안다

과장이 되면 발언권 좀 있는 줄 알았는데 차장의 이견 들어야 하고 오기로 승진해서 차장이 되었더니 부장이 의견을 달리하고 부장이 되어 이제 되었거니 했는데 임원이 다른 지침을 준다

헐떡이며 등대불빛 따라야 하지만 그 위에, 그 뒤에 또 무엇이 있는지 눈치 보느라 숨이 가쁘다

저 많은 계단이 모두 평지가 되면 지옥과 천당 어떻게 구분 하나 걱정마라 발이 안 빠지는 수렁을 걷든 벼랑이 없는 길을 걷든 모두 걸어가면서 알게 된다는 걸

영월 태백 눈꽃 열차를 타면 안다
궤도를 따라 다시 내려오면 알게 된다

흙으로부터의 제왕학 帝王學

아라가야제국의 왕이 이 세상을 떠날 때 함께 가라고
하인들과 말과 유품을 함께 넣고 문을 닫을 때 문 밖에서
배웅하는 사람들이 더 많았지

현세의 사람이 어느 날 고분을 열고 보니
그 날쌘 말은 마갑을 풀어 놓고 가지고 다니던
뼈 몇 점만 버려 놓고 사라진 기라, 너무 눈부신

피안彼岸으로 가는 중인데 잘난 현세의 사람들이 중간에
나타나,
  그냥 덮어두었더라면 그들은 일정대로 완주하여 피안에
  도착하게 되는 여정이거늘, 현세를 잠시 들렀던 기억 얼마
나 혼란이겠으랴

  진시황도 가는 도중에 현세 사람들에게 노출이 되자마자
  잠적하고 따르던 말도 병사들도 모두 흙덩어리 인형으로
  변하고 말았었겠지만, 일단 다시 흙에서 출발해야 하는
거야.

후반부에는

베란다 작은 화분에 부추를 심었는데
씨앗 껍질을 이고 나온 싹들이 너무 부실하여

면도하듯 윗부분 잘라내고 물을 흠뻑 주었다
줄기가 토실하게 제법 살이 차 오른다

전반부 실패를 재현하지 않으려는
저 푸른 결기, 질서정연한 파도

그렇다면 좀 더 너른 평수로 옮겨줘야겠다
그 정도는 아직 할 수 있는 겨우 예순 초반인 내 나이

지켜보는 시선들과
신이 난 눈맞춤

살아있는 나날을 위하여

주 1회 주어지는 요양병원 다녀오면 일주일 내내
가슴이 저려 와서 면회시간 5분은 너무 길어요

외출도 못 하고 당신의 제자리걸음 병원 생활 2년은 너무
짧아요 못 나오시면 한 10년은 더 계셔야 해요

옆 병상 침대보 갈고 또 새 사람이 왔다가는 것
그건 부러워할 일 아니거든요

"어머니 많이 잡숫고 많이 운동하셔요" 이 말은
",,, 오냐 ,,," 보다는 짧았어요.

겨우 5분 면회 다녀온 것으로 할 수 있는 것
다 한 것처럼 생각하는 뻔뻔함에 심장이 두근거려요

몸 안으로 흐르는 눈물이 밖으로 넘치면
눈물길의 처리능력을 초과한 것이지요

눈물샘 꾹 누르는 그 정도가 좋겠다고
휠체어 타고 가는 뒷모습 바라보며 또 한 번 울컥하며

오래된 집의 유산

아들 둘 세상에 내 보낸 그 집의 상한 벽을 그냥 두면
담장을 따라 한 세계가 사라지게 될 것이라서 철거를 수
용한 여인

대를 이을 딸이 없어 집 잃은 절망을 토로도 못한 채
깨끗이 적출된 자궁의 부재를 가지고

무주택자가 된 서러움보다는
자식들이 아직도 민달팽이처럼 살고 있음을 더 아쉬워했다.

고요의 탄생 후

폭포수도 평평해지려고 떨어진다

이슬방울도 파도도 그렇다

잉걸불도 고드름도 나중에 다 주저앉듯

평평해지면 어김없이 찾아오는 고요,

남은 것이라고는

또 시작하면 되는 것들뿐

5분간

근 1년 만에 대면 면회가 허용된 요양병원에서
말을 잊으신 장모님께서 감전된 듯 부르르 떨며
눈만 크게 뜨고 큰자식들은 3초씩 막내에게는 8초 동안
시간을 나누어 젖은 시선을 멈추신다

밤바다 위 탐조등 비추듯 시선을 연방 움직이며
돌아보니 예순 된 막내 아기를 본 시간이 제일 짧았는지
오래 보시려고 눈도 한 번 깜박이지 않으시더니
5분 면회시간 끝나 휠체어에 실리어 병동으로 가신다

시간이 모자라는 그분께
쪼개어 드리고 싶은 시간
그 방법이 없어 발을 동동 구르며
뻑뻑한 눈을 손등으로 비비네

고마운 손

굵기나 길이와 이음 부분이 조금만 달라도
운이 다르다는 운명선 감정선 두뇌선 생명선을
저마다 손바닥에 두고 살지만

숟가락 잡을 수 있고 시라도 몇 줄 쓸 수 있어서
남 탓 하지 않고 손가락 조금 구부리고 살며
겨워 손수건으로 눈가를 닦을 때가 행복한 순간임을 알
지요

두 손은 포개게 되고
고마운 사람 사랑하는 사람에게 기도하는 것이
너무나 큰 행운이고요

내가 내 손을 감싸다가도
꼭 들어오는 아기 손이 곁에 있어
여간 축복받은 사람이 아니지요

곤지곤지 쥐락펴락 하면 운은 트이고
손금도 다 이 안에서 가야할 바른 길 찾아가지요
공손히 합장하니 오늘 중요한 일은 다 한 것 같아요

빛의 나눔

수술 방을 들어가면서 아들에게 "아빠 한숨 푹 자고 올게"
소식 듣고 달려온 지인에게 "잘 놀다 갑니다"
수술 시트에 누우면서 "잘 부탁합니다. 감사합니다"
아내에게는 차마 눈도 마주치지 못 하고 고마운 마음만
으로

이렇게 차근차근 세상과 인사했지요
세상은 결국 사람이었어요
일생의 파노라마 같은 장면들 잠깐 다 되돌려보고는
암흑세계를 간 것 같은데 환한 불빛이 눈으로 들어왔어요

빛이 이리도 무거운가, 이리도 뜨거운가
땀 같은 물이 눈으로 펑펑 흘러 나왔지요
삶이 무거운 것은 빛의 무게 때문이고
그 빛이 있어야 삶을 되찾을 수 있다는 사실

"당신은 천운을 타고 났어요" 라고 하는 의사의 말에
천운을 믿고 앞으로 해야 할 일이 있음을 알게 되었어요
빛을 나누어 서로의 그림자를 지워주고 빛이 있으면
바로 그게 희망이라는 것을 세상과 오래 얘기하고 싶어요

경계를 오가며

다리 골절상을 입고
깁스를 하고서야
자나 깨나 부딪히지 않으려는
일여一如의 경지에 도달

균형을 잘 잡아야 뼈아픈 일
회피할 수 있는 세상사
중심 경계에서 벗어났다가 되돌아오기를
반복하며 태엽을 감는 자동손목시계

나는 대문 밖이
궁금하다
문지방 하나
마음대로 넘나들고 싶다

7인실의 천사

6인실 2개가 커튼 하나로 트인 요양병원 구석에 각각 보조침대 하나씩 두고 하루 종일 함께 살며 잠만 따로 자는 교포 부부, 환자를 먹여주고 기저귀 갈아주고 씻겨 주고 부끄러워하는 환자에게는 눈웃음 위로하고 울음이 메마른 환자는 대신 울어준다 (직업이라서?)

떠난 환자 시트 둘둘 말아 치우고 새 환자 오면 하얀 시트 정성껏 깔아주는데 실려 왔다가 걸어 나가는 환자를 보면 기뻐 운다 24시간 내내 대기해 주면서 함께 못하는 가족의 마음 이해하고 못 찾아오는 내 자식들의 현실도 이해가 된다 (박애정신?)

고향 떠나기가 쉬운가 뭐, 고향 찾아가기도 어려운데
내 발로 걸어 들어온 우리는 내 발로 걸어 나갈 수가 있잖아 기관지 그르렁대는 저 환자 해소는 한 번 더 해 줘야 해 (매뉴얼대로? 네가 와서 해 봐!)

혈액분석기를 생각하며

　지하 5층 주차장 길을 돌듯이 머리에서 몸속을 지나 발밑바닥까지 꼬불꼬불 내려간 혈관이 그동안의 건강상태를 지키기 위해 거미줄처럼 쳐져 있다. 지상에서 살아 움직이는 동안은 건강을 점검하기 위해 누구나 피를 뽑고 결과를 기다리다가 이상증상이 나타나면 엠 알 아이 사진을 찍어야한다. 화를 꾹 참고 살았는지 그것이 병이 되었는지 지금까지 어떤 환경에서 살았는지 버리지 못한 습관이 있었는지 혈액을 관찰하고 의심되는 부분을 세밀하게 분석한다. 거울처럼 피 한 방울로 다시 일어서지 못하고 억눌려 살아온 과거와 현재를 비춰보고 희망 없는 미래를 진단하는 혈액분석기를 생각한다. 혈액은 내일을 예고하고 오늘의 고통을 참아내기 힘들어도 다시 살아날 수 있도록 몸 안에 산소를 공급한다는데, 이미 늦어져 꼼짝 할 수 없는 내가 팔목에 링거를 꽂고 내 몸 속의 이슬 젖은 거미줄을 다 씻어내기를 바라며 나무토막처럼 침대에 누워 있다.

더듬어도 걸어서

잠자리의 눈을 받아 360도 화각으로
앞뒤 좌우 다 볼 수 있게 해 준다 해도 사양하겠네

앞만 보고 사는데 뒤를 어찌 볼 것이며
사방이 에워싸고 주시 하는데 뒷감당은 또 어찌하려고

날개는 더욱 거절하겠네
여기까지 걸어왔으니 마저 걸어가겠네

피어나라

부주의로 꺾인 호접란 새 꽃대를
바로 세워 부목을 대어주었다

몇 해 연이어 분홍빛 꽃 피웠는데
올해는 건너뛰어라 할 수가 없다

한 생애만이라서 다년생인 너를 다 몰라도
기어코 피어왔던 그 길 또 갈 것으로 믿네

이어온 너의 생애 망칠 뻔한 내 실수
부디 용서해 주고서,

해설

'틈새'의 시학

_ 조승래 시인의 작품세계

이동순(시인)

사람마다 제각기 즐겨 쓰는 언어가 있다. 그것은 단순한 즐김의 수준만이 아니라 자신도 모르게 하나의 습관처럼 툭툭 튀어나오기도 한다. 그래서 어투(語套), 즉 말투란 것이 형성되는데 이것은 시 창작에서도 주체적 구성체를 이루어 고유의 개성으로까지 연결되는 것이다. 한 시인의 시작품을 주의 깊게 지켜보노라면 거기서 우리는 그 시인만의 독자적 어투를 어렵지 않게 발견하곤 한다. 그러한 어투는 삶을 바라보고 해석하는 시인의 사상과 관점, 나아가서는 가치관과 이데올로기까지도 반영하는 것이다. 그러니까 이 시적 어투는 해당 시인의 작품이 지니는 외포와 내연을 짐작하게 하는 매우 중요한 단서로 자리 잡는다. 이것이 제대로 체계를 수립하고 일정한 윤곽을 발산하게 된다면 우리는 이를 문체

론이라 일컫는다.

그러므로 문체(文體, style)는 하루아침에 형성되는 것이 아니다. 오랜 기간에 걸쳐 갈고 닦는 연마의 과정을 거쳐 독특한 스타일을 나타내게 되므로 그 문체를 통해 시인의 내면과 작품성을 읽어내며 통찰하게 되는 것이다. 어떤 이의 경우는 '가령'이란 단어를 자신의 발화(發話)에서 아주 빈번하게 사용하고 있는데 이것은 '예컨대'라는 의미와 동일하지만 대상의 논증에 대해 강력한 확신을 갖지 못한 자신감의 결여를 반증하는 해석으로 이어지기도 한다. 이러한 언어습관은 자신도 제대로 인지하지 못하고 있는 경우가 흔하다. 또 어떤 이의 경우는 '말하자면'이란 말을 너무도 반복적으로 사용함으로써 그의 화법이 지니는 해설적 경향을 미리 앞질러 짐작하도록 한다. 그는 어떻게든 상대방보다 앞질러 설명하고 먼저 이해시키려 한다. 결코 느린 후행(後行)을 허용하지 않는다. 별것 아닌 어투를 통해서 그의 작품이 지니는 낌새를 통찰하는 일은 그다지 어려운 일은 아니다. 일단 언어습관의 내면을 드러내 보여주는 문체를 주의 깊게 지켜보면 그의 시적 추구와 방향성, 가치관까지도 어렵지 않게 파악할 수 있도록 한다.

이런 점에서 조승래 시인의 제8시집 『적막이 오는 순서』 원고를 음미하듯 천천히 느껴보았다. 시집 전반에서 현대인들이 항시 놓쳐버리고 있는 인간성 회복을 위한 노력, 전전긍긍하며 살아가면서도 처연히 자신을 지켜가려는 우직성,

102

생명과 생태 등의 원초적 자연에 대한 존중과 회복의 갈망 따위와 풍성하게 대면할 수 있었다. 한 가지 놀라운 사실은 조승래 시집에서 자주 등장하는 시어가 있으니 그것은 '틈새'라는 말이다. 이것은 조승래 시세계의 깊이와 넓이를 알게 해주는 매우 보배롭고도 중요한 기표(記標)이다. 그러면 틈새란 말의 상징성에 대해 살펴보기로 한다.

틈새의 사전적 의미는 사물과 사물의 사이가 벌어져서 생겨난 좁은 자리를 가리킨다. 이 짧은 해설 속에 등장하는 '사이(間)'란 말은 어느 때에서 다른 한때까지의 동안을 가리키는데 이것은 동시에 어떤 일에 들이는 시간적 여유나 겨를을 의미하기도 한다. 그것은 갑과 을 사이의 물리적 간격이다. 다른 말로 바꾸자면 관계, 즉 '인연'을 뜻하기도 하는데 자연의 조화든 인위적 창작이든 모든 생명은 이 '사이'에서 태어난다. 인간은 언제나 사이를 적절히 유지하고 관계를 맺으면서 자신의 삶을 이어간다.

> 바위 벼랑 틈새를 열고 소나무가 꿋꿋이 버티고 있듯
> 시멘트 벽돌 틈을 비집고 마른 씨를 날리는 민들레
>
> ―「우리들의 임계점」 부분

사이에 대한 시적 통찰을 이 작품은 보여준다. 이러한 계열의 또 다른 작품으로는 조 시인의 시집 『어느 봄바다 활동성 어류에 대한 보고서』에서 시 「내 아가야」를 손꼽을 수

있다. 병상과 침상 사이의 확연한 구분과 동질성을 시인은
진작 발견하고 있다. 그것은 눈물겨움으로 우리 가슴에 젖
어든다. 자식이 어렸을 때는 어머니가 챙기고 거두어 주셨
으나 이제는 늙고 병약해져서 요양원에서의 시간이 정지된
일상을 보내고 있다. 시인은 이 측은한 광경에 감정적으로
함몰되지 않고 병상과 침상 사이의 간격을 냉철하게 찾아내
고 있다.

> 병원 가자 집에 가자
> 보채시는 노모
>
> 작아지는 육신을
> 번갈아 안아주는 아들 딸
>
> 병상과 침상 사이
> 아, 내 아가야
>
> 뜬 눈이라도 그냥
> 낮만 계속되었으면,
>
> ─「내 아가야」 전문

그러나 물질의 풍요에 지나치게 집착하다 보니 사이가 지
녔던 풋풋한 여유도 없어지고 인연마저도 끊어진 경우가 많

다. 남북분단, 계층갈등이야말로 그러한 전형적 사례가 아니고 무엇인가. 대부분 격차와 소외감으로 드러나는 혼란의 내부를 어렵지 않게 짐작한다. 그러한 분단과 분리의 등차(等差)는 공간적 의미로도 파악이 되는데 어느 한 지점에서 다른 지점까지의 공간, 혹은 한 물체에서 다른 한 물체까지의 협소한 공간을 인식하게 될 때 그러하다.

틈새는 다른 말로 간격(間隔)이라는 한자어로도 사용된다. 틈바구니란 유의어로도 쓸 수 있는 이 말은 그다지 멀리 떨어져 있지 않은 두 대상 사이의 거리를 말한다. 틈새, 사이, 간격이란 말과 서로 긴밀하게 연결되고 작용하는 어휘로는 경계(境界)란 단어도 있다. 그런데 이 경계란 말은 어떤 사물이 주관적 인위적 기준에 따라 나누어지는 확고한 분리를 의미한다.

조 시인의 경계를 더 이해하기 쉽도록 그의 다른 시집에 수록된 작품을 인용한다.

멸치는 뼈를
새우는 살을

멸치는 새까만 속을 남기고
새우는 속도 없어서

등허리 휘어진 껍질을 두고 갔다

지금까지

뼈와 살의 경계를 아무도 묻지 않았다

ㅡ「경계」 전문

　그것은 지역을 해석하는 경우에도 흔히 쓰이는데 예컨대 어떤 지역과 다른 지역 사이를 일정한 기준으로 구분하고 나누는 정황에서 자주 활용된다. 하지만 경계란 말에는 더 이상 극복하기 힘든 한계의 뉘앙스가 수반되어 삶의 불편과 무거운 불안을 떨쳐내지 못한다. 이에 따라 계층과 신분을 구분하는 사회적 관점에서 한 인간이 부득불 놓이게 되는 처지를 말할 때도 이 경계란 말이 비근하게 자주 쓰인다. 러시아의 작가 안톤 체호프가 사할린 섬에서 귀양살이한 뒤 그곳을 '슬픈 틈새'란 말로 표현했다. 사할린이야말로 일본과 러시아 사이에 끼어서 늘 고통을 강요받았던 지역이 아니던가. 특히 그곳은 제국주의 일본이 상당수의 한국인들을 징용이라는 이름으로 끌고 가서 탄광과 노역장에서 비인간적인 억압과 강제노동을 시켰다. 일본의 패전으로 해방이 되었으나 사할린 땅의 한국인들은 고국으로 돌아올 길을 잃고 말았다. 그토록 기다렸던 고국도 그들을 소외시켰고, 일본은 일본국적자만 배를 보내어 실어갔을 뿐이다. 사할린의 4만 명 한국인들이야말로 '슬픈 틈새'에 방치되어 한을 품고 살았다.

한해의

절반이 겨울인 섬

추방당한 러시아 죄수들과

혁명가들이 귀양살이 하던 섬

작가 안톤 체호프가

석삼년 거기 갇힌 뒤

슬픈 틈새라 불렀다던 섬

– 필자의 시「슬픈 틈새」부분

　틈새란 말은 때로 자주 균열(龜裂)이란 어휘의 불안한 이
미지를 연상시키기도 한다. 오랜 가뭄으로 갈라진 논밭의
틈을 바라보는 농민의 가슴은 애가 탄다. 좋은 관계를 유지
하면 인간관계에 파탄과 분열이 오고 끝내 갈라서게 되는
경우에도 균열이란 말이 쓰이게 된다. 그러니까 균열이란 말
에는 상당히 부정적 의미가 뒤따른다. 그러나 조승래 시인
이 자신의 시세계에서 즐겨 구사하는 틈새란 시어에는 아름
다움과 사랑스러움, 눈물겨움, 따뜻한 가슴과 다정함의 회
복, 자기성찰의 중요성 따위가 깃들여 있다. 다시 말하면 워
낙 주변을 돌아볼 새도 없이 분주하게 살아가는 현대인들
이 대체로 놓치고 있는 공간이 있으니 그것이 틈새라는 것
이다. 이 틈새만 잘 활용해도 일의 능률이 신장될 뿐만 아
니라 정신적 긴장과 초조를 너끈히 조절할 수가 있다는 말
이다.

그런 점에서 조승래 시인은 아름다운 틈새, 위대한 틈새를 자신의 시작품에서 비옥한 질료(質料)로 선택하고 있음을 확인하게 해준다. 아름다운 틈새, 긍정적이고 건강성을 담보한 틈새를 찾아보면 우리 주변에서 흔히 발견이 된다. 그 사례들을 열거해보면 틈새시장, 잠시 쉬는 공간인 아파트의 쉼터, 고속도로 휴게소, 새로운 도약을 준비하는 예비 공간 등이 있다. 그곳은 대체로 숨 고르기를 위한 공간이다. 자기조절과 평정의 회복을 위해서 절대로 필요하다. 그곳의 기능은 심리적 신체적 긴장과 팽창을 완화시키며 호흡을 조절하게 한다. 급박한 리듬을 이완시켜주며 템포, 즉 속도감의 결을 고르게 한다. 때로는 그곳에서 반짝이는 아이디어가 창출되기도 한다. 말하자면 정신적 여유가 확보되는 공간이다. 하지만 틈새가 마구 드러나는 노출은 불안하고 불편하다. 일상생활에서 틈새는 무조건 메꾸어야 하는 것으로 인식되기도 한다. 엄동설한, 방안의 뚫린 구멍으로 바깥의 냉기가 들어온다면 반드시 막아야 한다. 오죽하면 '바늘구멍으로 들어오는 황소바람'이란 말까지 생겨났을까. 이런 점에서 문풍지는 틈새의 불편을 해결하는 옛 조상들의 삶의 지혜였다.

요즘은 차량용 틈새쿠션이란 것도 있다. 운전석과 수납공간 사이의 빈틈으로 작은 물건들이 빠져 들어가는 것을 막아주는 장치다. 그런가 하면 냉장고 틈새수납장으로 개발된 것도 있다. 지난 1960년대 시절, 방바닥의 갈라진 틈새로 유

입된 연탄가스로 얼마나 많은 사람들이 목숨을 잃었던가. 치과에는 갈라진 치아틈새를 보철해주는 치료도 있다. 몸이 피로해서 잠이 쏟아질 때 고속도로 휴게소에서 쪽잠을 자본 사람은 그 쪽잠의 위력을 알 것이다. 쪽잠이란 빈틈을 이용해서 삶의 평정을 회복시켜주는 대단한 위력적 기능이다. 상거래나 무역에 있어서 틈새공략이란 것도 있다. 바쁜 일상에서 현대인들은 늘 운동부족에 시달린다. 이럴 때 틈새운동이란 것이 있어서 크게 도움을 주기도 한다. 제주도의 돌담이 지닌 놀랍고도 지혜로운 원리를 생각해보라. 그것은 웬만한 태풍에도 절대 무너지지 않는다. 그 까닭은 바로 돌담이 틈새의 원리를 적극적으로 이용하고 있기 때문이다. 돌과 돌 사이를 메우지 않았는데 한번 쌓은 돌담은 언제나 잘 유지가 된다. 그 틈새로 바람이 아무런 저항 없이 순환하기 때문이다. 틈이 있어야 햇살도 스며들고 또 바람도 소리를 낼 수가 있다. 이 돌담의 원리를 인간관계에 응용시킬 수 있다면 얼마나 좋을까. 튼튼한 인간관계를 결속하고 유지시켜가는 중요한 비결이 곧 여기에 들어있다. 언제나 마음에 빈틈을 두고 나 자신의 빈틈을 솔직하게 인정하며 다른 사람들의 빈틈도 너그럽게 받아들이는 자세가 바로 삶의 지혜가 아닌가 한다.

산 정상에서 골짜기로 가속도 붙은 바람
동구 밖 방풍림 지나면서 한풀 꺾이고

돌담을 지나면서 엉거주춤 하더니

창호지에 달린 작은 오두막집 문 앞에서 그만

주저앉고 말아

마음껏 지나도록 만든

큰 틈새 작은 틈새 촘촘한 틈새

차례로 지나면서 제풀에 지쳐 쓰러진 것

틈새가 바로 함정

좁은 유리문으로 내다보면서

사람도 무도 바람 들면 안 된다 하시며

토닥토닥 할머니 손길에

새근새근 잠자는 손주들이 있었다는,

- 「바람이 잠든 전설」 전문

　우리말에서 틈이란 반드시 메워야 할 대상이나 오래 방치
된 불구적 환경을 뜻하기도 한다. 빈틈, 문틈, 물샐 틈 등의
낱말들이 지닌 의미가 바로 그러하다. 여기에서의 틈은 도
둑, 외부침략, 방공방첩 등 분단시대에 흔히 사용되던 경직
된 사회 환경에서 적을 염두에 두고 항시 쓰이던 말이었다.
　조승래의 시 「고향」은 원초성 및 본태성에 대한 다함없는
그리움을 담고 있다. 시 「바람이 잠든 전설」도 마찬가지로
틈새에 대한 상징적 언술(言述)이라 하겠다. 시 「초록의 소유

권」은 생명, 생태, 원시에 대한 엄숙한 존중이다. 시「더부살이」는 선인장 몸통에 구멍을 내고 둥지를 튼 새 가족을 다루고 있다. 이 얼마나 아름답고 조화로운 틈새인가. 이런 사례들은 시「벌초 대행」「아몬드day」 등에서도 동일한 감동적 장면들로 등장하고 있다. 우리는 삶의 틈새에 무수히 자리 잡은 다양한 존재나 현실을 대면하지만 거의 무심하게 지나치거나 놓쳐버리고 있다. 하지만 시인은 이를 따뜻하게 포착해서 시작품으로 끌어안는다. 바로 여기에 조승래 시 세계의 강점과 개성이 굳건하게 자리 잡고 있다. 조화, 공존 따위의 이상적 측면에서「아몬드day」는 그늘에 앉은 노인들과 그 격(格)이 동등하다.

　대자연이 항시 보여주는 현상에도 시인은 남달리 주목한다. 안개란 것이 바로 우주의 틈새에 서리는 것이란 시적 인식을 보여주는데 시인은 거기에 그치지 아니하고 이별 뒤에 반드시 안개가 있다는 사실을 우리에게 일깨운다. 여기서 안개의 의미는 눈물과 장막의 비감한 빛깔로 다가온다. 그러고 보면 호모사피엔스로 불리는 현생 인류의 존재성도 결국은 지구의 틈새에서 끝끝내 멸종하지 않고 살아남아 지금까지 자신의 세력을 확장시켜온 존재들이다. 하지만 인류가 지구를 사용하는 방식에는 방자함과 교만함이 마구 넘쳐나고 있는데 바로 이것 때문에 지금 이 순간이 인류의 종말을 앞당겨지게 하는 위기의 분기점임을 독자들은 스스로 깨닫게 된다.

인간이 살아가는 삶의 원리라고도 할 수 있는 약육강식에 대해서도 시인은 그것이 결국 틈새 엿보기란 방식으로 납득하고 있다. 상대방이 느슨하거나 방심하고 있는 그 틈을 이용해서 상대를 제압해버리는 잔인한 방식을 환기시키기도 한다. 시 「습작을 위하여」를 보면 매미가 우는 소리, 개똥벌레가 날아가는 모습에서 시인은 우리에게 반드시 필요한 신선한 삶의 틈새를 발견한다. 이런 틈새는 우리가 대체로 잃어버리거나 거의 놓치고 있는 소중한 틈새이다. 달팽이의 느린 걸음을 바라보면서 시인은 그것이 제 갈 길을 찾아 가고 있는 장엄한 이동이라 말한다. 묵묵히 진행되는 그 장면을 시인은 다채로운 틈새의 포착으로 우리에게 고스란히 보여준다.

밤새 되새김질 하면서도 맛보지 못한 그 슬픈 목매임 함초 한 번 먹어 본 적 없는데 시도 때도 없이 목을 넘어 가네

외양간 워낭소리 낭랑랑
몇 날 며칠 멍든 가슴 절이는 함초맛
주억거리며 씹고 씹네

– 「맛의 습성」 부분

시 「맛의 습성」에서 독자들은 소가 여물을 먹고 지그시 눈을 감은 채 하염없는 되새김질 하는 장면을 보게 된다.

이는 온갖 다양한 틈새의 변용(變容)을 포착해서 적극적으로 자신의 시 창고에 갈무리하는 조승래 시인의 현재 활동을 그대로 보여주는 우직성(愚直性)의 한 단면이라 하겠다. 이 틈새의 중요성을 진작 파악하고 성찰한 시인은 시 「묵찌빠」에서 이렇게 말한다. 그러고 보면 틈새란 하늘이 인간에게 부여해준 귀한 공간이란 생각마저 든다.

> 아, 그래도 하늘과 땅 그 틈새의 사람은
>
> 저마다 특기 하나씩은 가졌다
>
> －「묵찌빠」부분

시 「인칭의 거주지」는 위대한 틈새, 따뜻한 포용력을 보여주는 전형적 작품이다. 여기서 시인은 주로 모성적 틈새를 다루고 있다. 지구상의 모든 생명들은 이 틈새에서 태어나 자라고 살다가 죽었다. 그 틈새에 오늘도 새로운 생명들이 태어난다. 그토록 소중한 우리들의 틈새를 인간은 어떻게 관리하고 있는가.

> 태초에 땅 하나
>
> 하늘 하나가 마주보고 살았지요
>
> 땅은 하늘이 없다면 너무 공허하고 하늘은 땅이 없으면
>
> 끝없이 무너질 것임을 알았지요

둘 같은 하나라서 꼼짝할 수가 없었는데
이 틈새에 생명들이 스며들었어요

올챙이 채송화 메타세쿼이아 새 곰 사람
또 꼬물꼬물할 줄 아는 다른 새 생명들이었어요

틈새에 수없이 들락날락 했지요
더러는 땅속으로 가고 일부는 하늘로 갔어요

교대로 틈새로 사라져도 이어서 나타나고
비로소 3인칭이라는 용어가 익숙해진 세상이 되었어요

너, 나, 다음에 또 하나의 나 바로 우리이지요,
우리는 한 우리에서 살아요

-「인칭의 거주지」전문

참으로 장엄한 틈새라 아니할 수 없다. 이 틈새라는 둥지, 혹은 보금자리에 깃들여 인간은 이날까지 자신의 삶을 살아왔고 그들만의 소중한 역사를 이룩했던 것이다. 틈새의 표상은 때로 전혀 색다른 모습으로 구현되기도 한다. 시인은 시「해빙기」에서 완전히 얼어붙은 한강의 결빙을 바라보며 거기서도 틈새 이미지를 발견한다.

한강의 주름마다 얼음이 들어서고 있었다

-「해빙기」 부분

이 문맥에서 환기시키는 주름이야말로 장엄한 틈새인 것
이다. '얼음이 언다'라는 문맥은 '강물의 틈새에 얼음이 들어
선다'란 말과 동일하게 다가온다. 이러한 발견과 깨달음은 시
「허공의 통찰」에서 허공의 거미줄에 매달린 아침이슬을 바라
보며 포착한 틈새의 아름다움으로 자연스럽게 연결된다.

허리 동여매고 수없이 뽑아냈던
투명 실타래만이 삶의 전부인 줄 알았는데

허공에 쳐 놓은 그물망에 이슬이 맺히어
겹겹이 목걸이가 된 것을 발견한 새벽

그 영롱한 아름다움으로
먹는 일 외에도 다른 기쁨이 있음을 통찰한

거미는 비로소
하루를 쉬기로 한다

-「허공의 통찰」 전문

이런 조승래 시인만의 시적 인식과 통찰은 「자벌레 세상」

에서도 다시금 확인할 수 있다. 시「생각하는 사람」에서는 톱니에서 이가 빠져 기능을 상실한 장면과 치아를 잃은 사람이 우물우물 음식물을 삼키는 두 장면이 오버랩 되어 눈물겨운 틈새로 승화도고 있다. 조승래 시인의 창작방법론이 지니는 기본인식의 틀을 보여주는 시적 언술로는 시「저물거나 밝았다」이 단연 으뜸이 아닌가 한다.

> 남은 어둠을 어둠이 다 수습하고
> 밝음이 남은 밝음을 다 지울 때
> 내 생각도 그 경계 틈새에서
> 저물거나 밝았다
>
> —「저물거나 밝았다」 부분

그렇다. 시인이 오늘도 자나 깨나 골몰하고 있는 것은 경계와 틈새에 대한 집요한 성찰이다. 그런 점에서 이번 시집이 보여주는 주안점은 바로 슬프고도 처연한, 그러나 아름답고 위대한 틈새에 대한 시적 통찰이다. 어쩌면 그것을 우리는 틈새의 경전(經典)으로도 일컬을 수 있겠다. 시「자초지종」은 바로 그 틈새 포착의 기발함에 대한 겸손한 고백이다. 시인의 작업이란 항시 이런 꾸준함 속에서 성취되는 것이 아니고 무엇인가.

글자는 필요한 곳에 어디든 갈 수 있고 다른 글자를 만나 제

자리만 잘 안착해도 시도 되리니

- 「자초지종」 부분

　아름다운 틈새, 위대한 틈새를 늘 발견하고 그것을 포착해서 작품으로 승화시키고 새롭게 정리하는 조승래 시인의 작업을 우리는 '틈새의 시학'이라 일컫는다. 아무도 눈여겨보지 않았던 삶의 틈새를 주목하고 그 미세한 관찰까지 두루 폭넓게 거친 다음 작품으로 차분하게 빚어내는 조승래 시인의 활동은 최근의 우리 현대시문학사가 이룩한 빛나는 성과 중 하나이다. 그의 다음 작업이 궁금해진다.

적막이 오는 순서

지은이 · 조승래
펴낸이 · 유재영, 유정용
펴낸곳 · 주식회사 동학사

1판 1쇄 · 2023년 3월 20일
출판등록 · 1987년 11월 27일 제10-149

주소 · 04083 서울 마포구 토정로53 (합정동)
전화 · 324-6130, 324-6131 | 팩스 · 324-6135
E-메일 | dhsbook@hanmail.net
홈페이지 | www.donghaksa.co.kr
www.green-home.co.kr

ISBN 978-89-7190-852-5 03810